詩集

White Cotton Shirt

KIRIYAMA Eiju
桐山榮壽

文芸社

本書は第一回文芸社詩歌句大賞　大賞受賞作品です。

目次

改札口

学生の頃
ある地下鉄の改札口で
母と待ち合わせをしたが
乗り継ぎのよくわからない母は
一時間も遅れて現れた
私は当然のように母を責めた
携帯電話も優先席もない時代
行き先の不安が
母を閉じこめていただろう

この駅を通るたびに
あの時の自分を叱っております

あい

平仮名のあとおの
ふたつの字を混ぜ合わすと
青になり
あとかの字を混ぜ合わすと
赤になる
なのになぜか
あといを混ぜると
透明になってしまう

生活

台風がくるので
昨日のうちに
済ませておいた
洗濯物が
白い椅子の
背もたれにもたれて
いま台風の音を
聞いている

コロン

試供品の
コロンをつけた
女性用のコロン
誰かといるようで
さみしくなくなった
雑踏の中でも

青い空

露地で
猫とすれ違った
ふり返ると
猫もふり返って
目があった
塀の上にも猫がいて
空を見ていた
近づいても
気にもかけない

つられて空を見た
青い空だった

夏のおもいで

ラムネ
サイダー
レモンスカッシュ
アイスコーヒー
右のものたちは
僕の恋を知っている

名前のない何か

人が生きて
行きつくした結果
ほとんど
すべての物に
名前がある
過去のどこかで
未来のどこかで
人のつけた
名前のない何か

きっと楽しく
暮らしている

星

街は
壊れるもので
できている
夢や恋も壊れる
それを
遥かむかしの
星の光が
直しにくる

いま僕は

いま僕はと
言ったとたん
いま僕はと言った
言葉はもう消えて
いま僕はと言った
僕だけがのこる
いま僕はと言った
この気持ちは
いま僕だけのうた

とうぷう

銭湯の前に
電線より少し背の高い
柿の木がある
その上に
雨雲が三日も空にいて
夕方になると
豆腐屋のラッパが
とうぷうとうぷうと
やって来る

秋はこうして
とうぷうとうぷうと
深まってゆく

霧雨の午後

馬道通りを左折して
伝法院通りから参道に入ると
しっとりとした浅草寺が見える
人混みを避けて仲見世裏を
ひとり慎むように行く
手水舎
御宝前大香炉
それぞれに作法を済ませ本堂へ
伽藍の下は浄化された静寂

正面の香台に目を遣ると
若い女性が額ずき拝んでいた
するとその女性の鞄から
大きな時の流れのように
スマートフォンが零れ落ちた

ある晴れた日に

それはもう
徐行と言える
速度ではなかった
狭い通りの真ん中に
止まっているのかと
思うくらいだった
近寄ってみると
小柄なおばあさんが
車の前を歩いていた

車はクラクションを
鳴らすこともなく
おばあさんに
従っていた

だんご虫

どくだみの
除草をしたら
手が青臭い
だんご虫に
嗅がすと
笑いながら
丸まった

蒲鉾

蒲鉾は
いつ食べても
蒲鉾だけど
新年になれば
新年の顔をする

バスルーム

シャワーを浴びながら
膝をかかえて座り
バスタブに栓をする

ガラスの輝き
一つ一つ一つが
足もとから
お湯に変わってゆく

雨音に
聞こえるときもある
がんばれ　がんばれと
聞こえるときもある
泣いてもいいよと
聞こえるときもある

白い砂の街

言葉たちは
連れてゆかない
ささやかな気丈と
汗と埃が糧となって
その日が終わる
お風呂に入って
自分らしくなったら
置いてきぼりにした
言葉たちを

胸に抱えこんで
いっしょに眠る
白い砂の街の労働者

青いキャップ

虫よけスプレーの
小さな青いキャップ
好きな色だけど
なんの使い途もない
コロコロしたり
天井に投げてみたり
なぜか捨てられない
青いキャップ

檸檬

ある日
目覚めたら
檸檬になって
人になった夢を見たと
貴女の胸元の
ターコイズブルーに
話そう

空き地

もうすぐ
マンションが建つ
空き地に
もうすぐ
見えなくなる
夕陽がしずむ

夏の雲

考えていたら
いつのまにか
想っていた
そんなこころを
ほらあそこで
夏の雲が
手ぐすねひいて
待っている

暑中お見舞い

猛暑まで
味方にした
夏休み
今の君は
あの頃の君かい

ランチ

知りもしないで
好きな人いるのと
ランチ食べながら
気安く聞くな
あなたが好きと
言ったらどうする

最寄り駅

月を見ている男
焼き肉屋を見ている女

何処か

何処か遠くへ行ってしまいたい
二時間で帰れるところ

還暦

ひとり者が飲みに行ける
情と実のある店を探してます
低価格希望
　年　月　現在

ないしょ

洗濯機は
季節の変わり目と
誰が泣いたか
知っている

頬

涙は
うれしいときも
かなしいときにも
流れる
頬は
それが不思議で
ならない

鏡

微笑んで
鏡を覗いたら
嬉しそうな
私がいたので
三回覗いた

切符

切符は目的地まで
お求め下さい
夢があるうちは

大雨

玄関の傘が
ひと仕事終えて
休んでいる

猫パンチ

ぼくが魚だったら
パラオか
グレートバリアリーフに
住みたいと
猫にいったら
猫パンチ

青空色の色えんぴつ

青空色の色えんぴつで
青空と書いたら
子供たちは
青空を思い浮かべやすい
黒色の色えんぴつで
青空と書いても
大人たちは
青空を思い浮かべるが
青空色の色えんぴつで

青空と書いたら
忘れていたことも
思い出す

水沼田圃

蛙は星を見上げていた
じっと星を見上げていた
首がつかれて
水面に目をやると
そこにも星が映った
蛙はまた星を見た

朝の通学路

その中に深刻な顔で
二人の女の子が歩いてきた
通りすがりに
一人の女の子が言った
お化けなんていないんだよ
もう一人の女の子は
黙ったままだった
花水木が咲いていた

海の街

茅ヶ崎の
図書館あたりは
ほどよい
潮風と夕陽と
坂道がある
屋根の上では
トンビとカラスが
並んで休んだりして
ちっぽけな常識を

笑っていた

柄

そば粉色の空に
満開のさくら
まるで和服の柄のよう
辛抱した女性に
似合う柄だ

母の日

少女は両の手で
一輪のカーネーションを
だいじにだいじに
妙法寺の前を帰っていった

土の中

土竜が
管の道をゆく
おや管の水が冷めたい
山里はもうすぐ
初雪だな

オフホワイト

僕の夢は
財布とちがう
ポケットに入っている

タンポポの種

大きな袋に
タンポポの種を
いっぱい集めたら
飛べないものかと
空をみながら考えた

くもり空

こんな日は
きっとどこかで
雨が降っている
飛べない風が
海で泣いている

桟橋

海のない街で育った僕が桟橋に座り
君と潮風に吹かれていたのは
遠い遠い夏の日のこと
夜の更けた新宿サブナードの
階段下の入口はシャッターを閉めて
帰りたくない二人を見ていた
初めてのキス　初めての約束
こんど海へ行こうよ
鎌倉へ行こうか

歴史の上にレールを敷いた江ノ電は
優しい面差しの海を見せてくれた
桟橋で君は薔薇の話をしたね
子どもが生まれてすぐ泣くのは
人生のエールかも知れないよ
薔薇はどんな声で生まれるのかな
ああ今年も夏が来た
あの桟橋は
誰の思い出になるのだろう

気配もない

明かりを消して布団に入る
暗さに目が慣れたら
おもむろに両手を天井にのばす
手のひらは大きな風船を
空中に掲げるように広げて
あとはその手のひらから
光とか煙とかが出ないか
ひたすら待っている
これを何十年もやっているが

一度も出たことがないし
一度も出る気配もない

川越

葛餅霊山に
きな粉が積もっていた
その山頂を黒蜜が襲う
だが霊山の結界のために
染み込むことなく麓に溜まった
すると溜まった黒蜜が
きな粉を染み崩しながら
這い上がって行くではないか
そうだったのか

黒蜜は知っていたのだ
麓の結界が弱いことを
甘味処に薄陽さす
風の強い日であった

蜻蛉

花壇の中に
短い竹の添え木が
ぽつんと一本立っていた
何かの花を支え終わり
ただの枯れた棒になった竹
その天辺に蜻蛉が
留まっては離れ
離れては留まるを繰り返した
かと思えば蜻蛉は

じっと動かず空ばかり見ている
蜻蛉よ
もう恋はしたかい
夢は叶いそうかい
聞いているのに知らんぷり
だのに次の日も
その次の日も蜻蛉は
竹の天辺に来ていた

著者プロフィール
桐山 榮壽（きりやま えいじゅ）
1956年11月17日生まれ、埼玉県出身。東京都在住。

詩集　White Cotton Shirt

2025年4月15日　初版第1刷発行

著　者　桐山 榮壽
発行者　瓜谷 綱延
発行所　株式会社文芸社
〒160-0022　東京都新宿区新宿1－10－1
電話　03-5369-3060（代表）
03-5369-2299（販売）

印刷所　TOPPANクロレ株式会社

ISBN978-4-286-26481-3